AMUSEMENS LITTÉRAIRES,

OU

MÉLANGES

DE PIECES FUGITIVES,

EN VERS ET EN PROSE.

Par M. F. Marie Bourguignon, de Saintes.

Non injussa cano.
Virgil.

A LONDRES.

Et se trouve à Paris chez les Marchands de Nouveautés.

M. DCC. LXXVIII.

A MONSIEUR

LE MARQUIS

DE B.... D....

MONSIEUR,

CE n'est point à l'homme de qualité, c'est au compagnon de mes travaux, c'est à mon ami que j'offre les prémices de ma Muse : vous avez suivi le dévelopement de mes foibles talens, votre goût, sûr & délicat, m'a plus d'une fois éclairé sur des négligences de style ; je vous dois cette mole facilité, ces nuances de sentiment, qui font le principal mérite de mes Poésies, à ces titres, le tribut vous en appartient, & vous ne pouvez le refuser.

A ij

*Qu'un autre, fier de sa bassesse, entoure de
fleurs l'idole de la grandeur, qu'il déifie
dans ses vers l'orgueilleuse opulence ; je ne
porte point envie à son bonheur ; mon hommage est simple & vrai, le sentiment m'en
fait un plaisir, la reconnoissance une loi,
l'amitié m'en assurera le prix. J'ai l'honneur
d'être avec le plus parfait dévoûment,*

MONSIEUR,

*Votre très-humble & très-
obéissant Serviteur,*
BOURGUIGNON.

LE REGNE
DES VERTUS,
OU L'AVENEMENT
DE *LOUIS XVI* AU TRONE,

Redeunt Saturnia regna.

Virgil.

OU m'entraîne un effor rapide ?
Quel feu s'empare de mes fens ?
Un Dieu dans mon ame timide,
Fait-il retentir fes accens ?
Je fens Apollon qui m'infpire,
Le foufle brûlant du délire,
Échauffe, égare mes efprits ;

A iij

Ma lyre au vrai feul confacrée,
Chante la fageffe adorée
Sous les traits naiffans de Louis.

Que vois-je ? d'une aîle légere,
Les vertus defcendent des Cieux,
La foi, la piété fincere,
Sur leurs pas attirent mes yeux :
Balançant l'invincible égide,
La fage Minerve les guide,
Et trace un fillon lumineux ;
Tout l'annonce, & déjà les crimes
Rentrent dans les fombres abîmes,
Que l'Éternel creufa pour eux.

O toi fi l'ong-temps ignorée,
Par l'aveuglement des mortels,
Reparois adorable Aftrée,
La France t'offre des autels ;
Un Monarque ennemi du vice,
Sur fon Trône avec la juftice,
Place l'augufte vérité ;
La vertu jadis chancelante,
Leve fa tête triomphante,
Et marche avec fécurité.

En vain la mort inexorable,
Fiere du pouvoir de fes loix,
D'un coup de fa faux redoutable,

A frappé le plus grand de Rois:
Un autre succede à l'empire,
Le peuple le voit & l'admire;
L'immortel lui ceint le bandeau;
Ainsi renaissant de sa cendre,
Le Phénix en paix va descendre
Dans l'affreuse nuit du tombeau.

QUEL regne heurex, quelles prémices
De l'avenir le plus flatteur !
Prince chéri, les Dieux propices
T'ont créé pour notre bonheur;
Le premier trait de ta puissance,
Est marqué par la bienfaisance,
Tu te dépouilles de tes droits;
Effort d'une ame magnanime,
Effort généreux & sublime,
Digne de la grandeur des Rois.

VOIS le Français dans son ivresse,
Vanter hautement son bonheur;
Ces clameurs, ces chants d'allégresse,
Prennent leur source dans le cœur;
Sous les aîles de la sagesse,
Poursuis, exerce ta jeunesse
Dans la carriere des vertus,
Aux yeux d'un peuple qui t'adore,
Surpasse, à peine à ton aurore,
Et les Trajans & les Titus.

ET toi Compagne inséparable,
Du nouveau Pere des Français,
Avec lui Princesse adorable,
Jouis du cœur de ses Sujets ;
Déesse de la bienfaisance,
Tu chasses l'affreuse indigence
Des cabanes des malheureux ;
En présidant à ta naissance,
Le Ciel signala sa puissance,
Tes vertus font honneur aux Dieux.

TENDRE amour, aimable hymenée,
Unissez-vous rivaux heureux ;
Filez la trame fortunée
Des jours d'un couple vertueux ;
Témoins de sa flamme fidelle,
Dans une guirlande nouvelle,
Enlacez les myrtes aux lis,
Muse, sur ta lyre dorée,
Célebre l'union sacrée
Et d'ANTOINETTE & de LOUIS.

ÉPITRE

*Présentée à Mgr. LE COMTE D'ARTOIS,
à son passage à Rochefort en Aunis.*

O vous qui partagez vos jours
Entre les arts & la tendresse,
Prince charmant, dont la jeunesse
Unit aux fruits de la sagesse,
Les brillantes fleurs des amours;
Souffrez qu'une Muse timide,
Idolâtre de la vertu,
Du pur sentiment qui la guide,
Vous offre l'hommage ingénu.
Du faste qui vous environne,
Dépouillez l'éclat imposant,
Laissez-moi voir aux pieds du Trône
Un jeune Héros bienfaisant,
Recevoir la double couronne
Et de la gloire & du talent ;
Quand c'est la vertu qui la donne,
Une palme est un beau présent !
Suivez la route glorieuse,
Que vous ouvre l'humanité,
Près de la simple vérité,

Au bout de la carriere heureufe
Vous verrez l'immortalité.
Dans le temple de la victoire,
Les chaftes filles de mémoire
Gravent les noms de vos ayeux;
Auffi grand qu'eux par la naiffance,
Vous ferez par la bienfaifance,
L'amour de nos derniers neveux.
Volez, diffipez les nuages
Accumulés par le malheur,
Et que l'époque du bonheur
Signale à jamais vos voyages;
Jadis en ces heureux climats,
Où vous amenez fur vos pas,
Le goût des arts, de la fageffe,
Et les plaifirs & l'allégreffe.
Les lâches tyrans des Romains
Parcouroient leurs triftes Provinces,
Et ne portoient le nom de Princes,
Que pour le malheur des humains;
Mais changeant ces fcenes cruelles
En des jours plus purs, plus fereins,
Les Trajans & les Marc-Aureles,
A l'amour des vertus fideles,
Du monde fixoient les deftins;
Ces hommes, Dieux par la clémence,
Brifoient l'Autel de la vengeance,
Et s'en préparoient par leurs mains.

Ah ! c'eſt dans ces ames ſublimes,
Que vous puiſâtes les maximes
Qui vous font aimer des Français ;
Sage ſans ſoins & ſans étude,
Votre cœur acquit l'habitude
De perpétuer ſes bienfaits :
Voyez cette foule empreſſée,
Par l'élan de l'amour pouſſée,
Se précipiter ſur vos pas ;
De ce zele patriotique,
L'impulſion trop énergique
Se ſent, & ne s'exprime pas.
Que des Conquérans homicides
Auprès des cadavres livides,
Arrachent un laurier ſanglant ;
De cet avantage éphémere
L'illuſion eſt paſſagere,
Et ne vaut pas un ſentiment.
Plus heureux, & moins ſanguinaire,
Fuiez ce théatre d'horreurs,
Laiſſez au Héros mercénaire
L'exercice de ces fureurs,
Que vous importe une couronne,
Et la pompe qui l'environne ?
Votre empire eſt dans notre cœur.
Tendre la main à l'innocence,
Exiſter par ſa bienfaiſance,
Etre aimé, c'eſt-là le bonheur.

VERS

A Sa Majesté Impériale, Joseph II, Roi des Romains, voyageant sous le nom de Comte de Fulckeinstein.

Sous quelqu'aspect que l'on vous
    considere,
Falckeinstein, ou Joseph : (noms
    chers au sentiment,)
   Vous méritiez également,
Et le respect, & l'amour de la terre ;
Sous un titre emprunté, l'un simple &
    bienfaisant,
Aimé par-tout, & toujours sûr de plaire,
Fait des heureux en voyageant,
Reçoit l'hommage attendrissant
Et les vœux de la France entiere ;
L'autre, jeune Héros, des Germains est
    le pere....
Mais pourquoi se cacher ? l'éclat de la
    vertu
Fait aisément soupçonner l'origine,
Le Frere d'Antoinette est bientôt
    reconnu,
Le cœur des Français le devine.

DISTIQUE LATIN,

Pour mettre au bas de la Statue pédeſtre de Louis XVI, élevée ſur la facade de la Bourſe, à Saintes.

Saxea, ſub calo, Regis ſpectatur imago,
Altius at noſtro pectore viva manet

DISTIQUE FRANÇAIS

Sur le même ſujet.

D'un Monarque adoré l'art eſquiſſe les traits,

L'amour ſeul l'a gravé dans le cœur des Français.

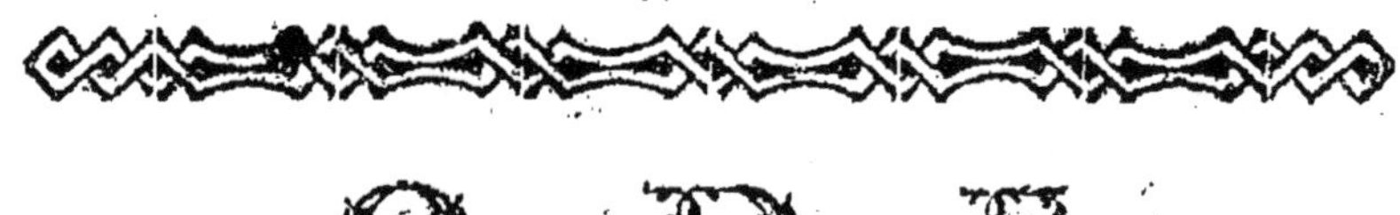

O D E

A MONSIEUR LE BARON

DE MONTMORENCY,

*Lieutenant - général des armées du Roi,
Chevalier de ses Ordres ; Chevalier
d'honneur de Madame Adelaïde, &
Commandant en chef en Aunis, Poitou
& Saintonge.*

QUELLE est cette auguste immortelle
Qui s'offre à mon cœur agité ?
A l'éclat dont elle étincelle,
Je reconnois la vérité.
Fille du Ciel, viens dans mes rimes
Répandre tes clartés sublimes,
Fais y briller des traits heureux ;
De ton influence sacrée,
Je vois mon ame pénétrée,
Voler avec toi dans les Cieux.

OUVRONS les fastes de l'histoire,
Évoquons ces Manes guerriers,
Sur qui les filles de mémoire

[15]
Suspendent d'immortels lauriers
Auprès de l'intrépide Eugene,
Et de Villars, & de Turenne,
La victoire conduit Tingri ; (1)
Et sous de somptueux portiques,
Grave les chiffres héroiques
Et les noms des Montmorency.

Jeune Guerrier, quel fier courage
Te porte au milieu des combats,
La valeur dévançant ton âge,
Te fait affronter le trépas ;
Vainqueur des Dragons d'Herbeville (2)
Dans la citadelle de Lille
Tu médites des coups hardis ; (3)
Redoutable dans la défaite,
Par une honorable retraite
Tu soutiens la gloire des Lis (4).

---

(1) Christan-Louis de Montmorency, Prince de Tingri, Comte souverain de Luxe, &c....

(2) Il se trouva à la prise du poste de Bondanella, en Italie, & battit le Régiment Impérial des Dragons d'Herbeville.

(3) La ville de Lille s'étant rendue, il se retira dans la Citadelle, fit une sortie sur les assiégeans, & leur tua plus de 800 hommes, sans compter les blessés.

(4) Après la perte de la Bataille de Malplaquet, il commanda l'arriere-garde de l'armée Française,

Quel eſt celui que Mars couronne ?
C'eſt l'intrépide Luxembourg, (1)
Que de lauriers ſon bras moiſſonne,
Devant Manheim (2) & Philisbourg ;
Par-tout vainqueur, à Mons, (3) à Leuſe,
Des flots mutinés de la Meuſe , (4)
Sa valeur brave les aſſauts ;
A Rouen , ſage politique,
Il calme une émeute publique ; (5)
Toujours homme, toujours Héros.

Rejeton d'une illuſtre race,
Le jeune & bouillant Châtillon, (6)
Par une généreuſe audace,
Releve l'éclat de ſon nom :
Mais dans le ſein de la victoire,
Et ſous l'égide de la gloire,

Le

---

(1) Charles Frédéric de Montmorency , Duc de Luxembourg.

(2) Il ſervit au ſiége de Manheim & de Philisbourg.

(3) Il ſe trouva au ſiége de Mons & au combat de Leuſe.

(4) Il fut de la fameuſe marche de la Meuſe à l'Eſcault.

(5) Le Roi l'envoya à Rouen en 1709 , où il y appaiſa une ſédition.

(6) Paul Sigiſmond de Montmorency-Luxembourg , Duc de Châtillon , &c. . . .

Le fer atteint ſes pas hardis ;
Par une bleſſure imprévue, (1)
La foudre reſte ſuſpendue
Sur la tête des ennemis.

PARAÏSSEZ Ombres généreuſes,
Du tombeau percez les horreurs ;
Que ſur vos cendres précieuſes
Mes jeunes mains ſément des fleurs !
Si la gloire vous touche encore,
Dans vos neveux voyez éclorre,
Le germe ſacré des vertus ;
Leur valeur prompte & réfléchie,
Promet d'avance à la Patrie,
Les Défenſeurs qu'elle a perdus.

VOYEZ ce Héros que Bellone
Entraîne au milieu des haſards,
En vain la bombe éclate & tonne,
L'aſſurance eſt dans ſes regards ;
Tout annonce que ſon courage,
Va faire paſſer d'âge en âge,
Le grand nom des Montmorencis ;
En lui vous voyez votre image,
Et la Croix qu'il porte eſt un gage,
De la Juſtice de Louis.

____

(1) Il fut dangereuſement bleſſé à la jambe, à la
bataille de Nerwinde, ce qui le mit hors d'état de
continuer le ſervice.

MORTEL cher à notre mémoire,
Tendre ami de l'humanité,
Tu joins aux palmes de la gloire,
Les palmes de la piété :
En toi les bons trouvent un pere,
Les méchans un juge févere,
Les malheureux un défenfeur ;
Ainfi, l'amour de l'Italie,
Titus faifoit à fa patrie
Sentir l'ivreffe du Bonheur.

QUATRAIN.

AVEC aigreur vous chaffez de vos traces,
Les jeux badins, les amours & les ris,
Et vous ne retenez, Zelis,
Que les vertus & les graces.

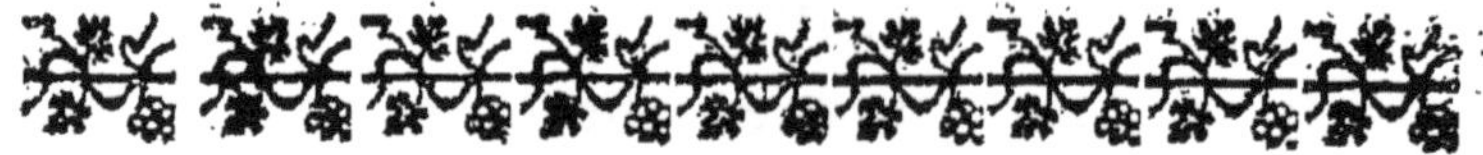

LE PRINTEMPS,
ODE ANACRÉONTIQUE
A GLYCERE.

AIR : *Mon jeune cœur palpite.*

LE Ciel est sans nuage,
De son char radieux,
Phébus sur notre plage
Lance de tendres feux,
Tout rit dans la nature,
On voit naître les fleurs;
Et joindre à la verdure
L'éclat de leurs couleurs.

LES humides Naïades,
Sortent du sein des eaux,
Les légeres Driades
Dansent sous des ormeaux;
Le folâtre zéphire,
Agitant les bosquets,
Invite le Satyre
A sortir des forêts.

B ij

LA tendre Philomele,
Aux échos d'alentour,
De la saison nouvelle
Annonce le retour ;
Le papillon volage,
Promene ses erreurs ;
Et porte son hommage,
A la Reine des fleurs.

DOUCEMENT inclinée
Sur l'aîle des zéphirs,
La belle Dionée,
Caresse les plaisirs ;
L'amour dans un nuage,
Fait briller son carquois,
Malheur au cœur sauvage,
Qui méprise ses Loix.

O toi, jeune Glycere,
Daigne écouter mes chants !
De ma muse légere,
Ranime les accens ;
Mes vers font un hommage
A tes jeunes attraits,
Donne leur ton suffrage,
Je suis sûr du succès.

MADRIGAL.

QUEL caprice, jeune Égerie,
Pourquoi t'échapper de mes bras?
Sur l'émail de cette prairie,
Laisse reposer tes appas :
En vain, d'une fierté farouche
Ta pudeur veut-elle s'armer,
Je lis, sur ta riante bouche,
» Ce n'est point un crime d'aimer ».

ÉPITRE

A UN AMI,

Qui, dans un Épithalame, peint Hortenſe
ſous les traits d'une Bergere.

Macte animo, generoſe puer, ſic itur ad Aſtra.
Virg.

AIMABLE éleve de Thalie,
O toi, qui ſais ſur tous les tons,
Monter ton flexible génie,
Et mettre à profit les leçons
Du Chantre divin d'Auſonie !
A peine, au printemps de tes jours,
Dans l'âge charmant des amours,
Aſtre nouveau de ta Patrie,
Sur tes vers tu fixes les yeux
Et la carriere de ta vie,
Par le Dieu du Pinde embellie,
Annonce un avenir heureux.
Ainſi l'Amante de Cephale,
Sur le trône frais du matin,
Déployant l'éclatante opale,
Annonce un jour pur & ſerein.

En vain la sombre jalousie
Veut t'effrayer par ses clameurs,
Du soufle de ton ennemie,
Ta gloire n'est point obscurcie,
Tu triomphe de ses fureurs.
Ta muse folâtre & légere,
Fascinant mes yeux éblouis;
Sous le corset d'une Bergere,
M'offre la taille de Cypris;
Que de graces tu fais éclôre,
Sous ton pinceau voluptueux :
Hortense paroît, & l'aurore
Cache sous un ciel nébuleux (1)
L'affreux dépit qui la dévore;
Pour Hortense l'amant de Flore,
De la rose trahit les vœux;
Et l'astre du jour amoureux,
Sur cette Nymphe qu'il adore (2)
Laisse échapper les plus doux feux (3).
Ah! crains, que nouveau Promethée,
Epris de tes naissans rayons,
Dans ma course précipitée
Je ne dérobe tes crayons;

----

(1) Le matin du jour du mariage d'Hortense le Ciel
fut obscurci par des nuages.
(2) Nymphe, en Grece, veut dire épousée.
(3) A midi le soleil éclaira l'horizon.

Mais las ! ma muse dépitée
Ne peut qu'applaudir à tes sons.
Amant chéri de l'harmonie,
Les bois sacrés de Béotie,
A tes chants sont toujours ouverts ;
A toi seul, l'aimable Euphrosine
Prête sa ceinture divine,
Et les Muses dictent des vers.
Apollon même, qui t'inspire,
Aux accords touchans de ta lyre
Mêle ses sublimes accens ;
Dans la guirlande qu'il te tresse,
Il joint aux lauriers du Permesse,
La palme heureuse des talens.

ENVOI.

Permets ami qu'à ta couronne
Ma main entrelace une fleur,
C'est l'amitié qui te la donne,
L'hommage convient à ton cœur.

VERS

*A Mademoiselle ***. en lui préfentant la Jérufalem délivrée, du Taffe.*

Puisse le fort d'Herminie en allarmes,
Arracher à vos yeux de précieufes larmes!
Sur ce fein enchanteur, afyle des defirs,
Le cyprès peut s'unir aux rofes des
    plaifirs,
O Dieux ! que n'êtes-vous la Princeffe
    fidelle ?
Vous avez fes attraits , il vous manque
    fon cœur ;
L'amour qui vous forma , devoit pour
    fon honneur
Vous former d'après le modele.

ÉPITRE

A CLÉMENTINE.

Enfin l'hymen vous tient fous fa
    tutelle ,
Ce Dieu bizarre eft jaloux de fes droits ,

Chaſſant des ris la bruiante ſequelle,
Met les plaiſirs & leur ſuite aux abois.
Ja de Vénus les compagnes fidelles,
Loin de ces lieux, fuiant à tire d'aîles,
Quittent vos pas pour la premiere fois.
Dans les Etats de dame Dionée
Oncques ne vis un pareil déſarroi;
Le pauvre amour, la tête embéguinée,
Tout morfondu dans un coin ſe tient coi;
Mais rappellés par votre aimable voix,
Et trop heureux de briller ſur vos traces,
Les jeux badins, les plaiſirs & les graces
Viennent ſoudain vous demander des
     loix.
Les voilà tous empreſſés à vous plaire,
L'un dérobant la ceinture à ſa mere,
En ſouriant en orne vos appas ;
L'autre, en couvrant ces membres dé-
     licats,
Du riche éclat d'une pompe étrangere,
Sans s'en douter ſoupire dans vos bras,
L'enfant malin applaudit à leur zele,
Et promenant un regard libertin,
Sur les tréſors que la gaze recelle,
Malignement il oſe, d'un coup d'aîle,
Toucher aux fruits qu'empriſonne le lin.
Lors euſſiez vu les graces ingénues,
Couvrir des mains ces beautés demi-nues;

Et dérober à d'avides regards,
Maints agrémens que l'avare nature,
Voulut cacher, confusément éparts,
Sous des rubans placés à l'aventure.
Sur votre front, siége de la candeur,
De la décence & de la retenue,
Aux lis naissans, la timide pudeur
Vint imprimer sa modeste rougeur,
Et par dégrés cette cause inconnue,
En traits de feu pénétra jusqu'au cœur.
Soudain le Dieu, qui préside au mystere,
Veut écarter de ces paisibles lieux,
L'essaim bruiant des enfans de Cythere ;
Mais d'un souris désarmant sa colere,
Les doux plaisirs l'entraînent dans leurs
    jeux.
Lors, pour toujours, exempt de ja-
    lousie,
L'aimable hymen, le redoutable enfant,
Entrelacés dans un grouppe charmant,
Serrent les nœuds d'une chaîne chérie ;
Sur un nuage assise, mollement,
La jeune Hébé, le sein paré de roses
Fraîches comme elle, avec l'aurore
    écloses,
De myrthes verds couronne votre amant;
Heureux mortel, las, je te porte envie!
Puissent, tes ans comptés par les amours,

Sous le ciseau de la parque ennemie ,
N'être jamais arrêtés dans leur cours !
Puiffe , dans peu , l'époufe la plus chere ,
Avec orgueil , portant le nom de mere ,
Donner un fils à tes foins affidus ;
Puiffe ce fils , en ouvrant la paupiere ,
Faire entrevoir , fous des ris ingénus ,
Tes traits , ton ame & fur-tout tes vertus.

ÉPITAPHE

De l'Auteur des Epitaphes d'un genre nouveau , &c.

Ci-git certain Rimeur , qui voulant tout occire ,

Fit mourir fes Lecteurs de l'ennui de le lire.

LA FUITE DE L'AMOUR

A GLYCERE.

Je volais au-devant des chaînes ,
Qui devoient m'unir aux plaifirs ;
Pour me préparer plus de peines ,
L'amour fuyant au bruit de mes foupirs.

Je le pourſuis dans les bras de Glycere,
L'enfant malin s'étoit précipité ;
J'arrive auprès de la Bergere,
Sur les pas de la volupté :
J'éprouve , en la voyant , une ardeur
 inconnue,
La flamme du plaiſir fait petiller mes
 ſens,
Elle rougit , la pudeur ingénue
Colore ſes charmes naiſſans ;
Sa Bouche, image de la roſe,
S'épanouit au ſoufle du deſir.
Ah ! dis-je, en pouſſant un ſoupir,
C'eſt-là, c'eſt-là qu'amour repoſe,
Glycere me le fait ſentir ;
Ce ſoupir me brûle & m'éclaire,
Le Dieu ſourit de mon erreur,
Je le cherchais près de Glycere,
Il étoit déjà dans mon cœur.

CHANSON

Adreſſée aux Dames de Jonſac.

AIR : *Trop de pétulance gâte tout,*

JONSAC l'emporte ſur Cythere,
C'eſt le temple ouvert des plaiſirs,
Des amours l'haleine légere,
Y fait éclôre les deſirs :
Mars (1) ici careſſant les Graces,
Loin de la guerre & des haſards,
    Fixe ſur ſes traces,
    Lés beaux Arts.

    De ces boſquets, Nymphes brillantes,
Vous ennivrez l'ame & les yeux ;
Senſibles, jeunes, ſéduiſantes,
Qui vous voit ne peut qu'être heureux :
Ici, c'eſt l'auſtere décence,
Qui ſourit à la volupté ;
    Là c'eſt l'innocence
    Et la gaité.

---

(1) M. le Comte de Jonſac.

Du bonheur la vivante image,
Tient mon cœur dans l'enchantement ;
Eglé paroît sous ce feuillage,
Hilas la voit, il est amant ;
Echappé du sein de Thémire,
Un brûlant soupir se fait jour,
Il peint le délire
De l'amour.

Pardonnez, aimables Bergeres,
Si sous de riantes couleurs,
Ma muse en ses rimes légeres
Trace vos plaisirs & vos mœurs ;
J'ai vu vos cœurs sans imposture,
De l'art dédaignant les apprêts,
J'ai peint la nature
Sous vos traits.

VERS

A Madame........ en lui envoyant des Vers.

Vous qui fixez sur vos brillantes traces
Les arts, les talens réunis ;
Daignez sourire à mes écrits,
Vous y ferez naître les graces.

VERS

Présentés par une jeune Pensionnaire, à Mde. Victoire, Religieuse de ..... le jour de sa fête.

Qui pourra célébrer Victoire ?
Combien d'éloges lui font dus ?
Son nom fur l'aîle des vertus,
S'éleve au trône de la gloire.
Et nous, atomes orgueilleux,
Du limon de notre humble sphere,
Vers le centre de la lumiere
Nous portons un œil curieux ;
Mais qui peut percer la barriere
De l'empire des bien-heureux ?
Plus fages, cherchons fur la terre,
L'image vivante des mœurs,
Et la cliente de Victoire,
Où la trouver ? dans vous ; mon cœur
   me le fait croire.
Qui mieux que vous, dans ce fiécle
   d'erreur,
Peut fe parer de ce nom refpectable ;
Dans l'entretien, pieufe autant qu'ai-
   mable,

Vous

Vous entraînez le don de tous les cœurs.
Du mien je vous offre l'hommage,
Daignez y lire mes respects ;
S'il est pur, il est votre ouvrage,
Ses sentimens font vos bienfaits.
Grand Dieu ma foible voix t'implore,
De ses ans prolonge le cours,
Et fais renaître une nouvelle aurore,
Du crépuscule de ses jours.
La séduisante flatterie
Ne m'a point dicté ces souhaits ;
Amitié, don du Ciel, dans mon ame
    attendrie,
Ta chaste main grava ces traits :
Dans les ténébres de l'enfance,
Mon cœur s'ouvrit à tes attraits,
Dans ce cœur la reconnoissance
Y place Victoire à jamais.

VERS

A Idamé, en lui donnant un oiseau dans
un bal.

CE jeune oiseau, volatile éventé ;
Qui promenoit de bocage en bocage
Et son amour & sa légéreté ;

C

Surpris dans ſa courſe volage,
Va perdre auprès de vous ſa chere liberté;
Mais en revanche il ſera careſſé ,
Dorloté , bercé , bien panſé :
Un fin linnon lui ſervira de cage,
Et dans vos mains vous le tiendrez preſſé :
Déjà Damis en ſoupire , je gage,
Ne le blamez pas , entre nous ,
Le ſort de l'oiſelet doit faire des jaloux ;
Eh ! qui n'aimeroit pas un pareil eſcla-
    vage ?

V E R S

A Madame De * * *

Des Dieux la troupe bienfaiſante,
Belle Aglaé vous combla de ſes dons ;
Vénus traça cette bouche charmante,
Erato modula (1) vos ſons :
Rivaux unis, les plaiſirs & les graces,

---

(1) J'ai formé ce mot ſur celui de *modulation*, qui eſt la maniere de chanter avec goût, préciſion & meſure; ſi je me ſuis égaré, c'eſt ſur les traces d'Horace, le plus grand Maître de l'antiquité dans l'art de donner des préceptes....... *Licuit ſemperque licebit , ſignatum preſente nota producere nomen.* Horat. art. Poet.

Vinrent careſſer tant d'attraits ;
Amour, le tendre Amour, ſoupirant
   ſur vos traces,
Ne vit, n'aima que vous, & briſa tous
   ſes traits.

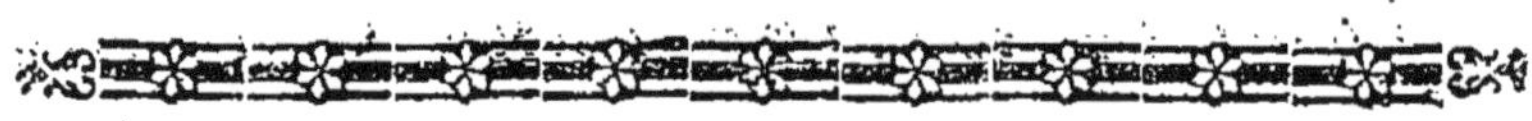

ÉPIGRAMME.

Savez-vous pourquoi la nature,
Dans un iſtant de ſa mauvaiſe humeur,
Fit à Damon préſent de la laideur ?
C'eſt qu'elle crut que la figure,
Des travers de l'eſprit & des vices du
   cœur,
Seroit la fidelle peinture.

EPITAPHE

De M. SAUVEUR MAURAND, de l'Aca-
demie de Chirurgie, de la Société de
Londres, &c. & ancien Chirurgien
Major des Invalides.

CI-GIT celui dont le vaste genie
Éclaira Londres & Paris ;
La parque en vain l'enleve à la Patrie,
Il revivra dans ses Écrits.

LE PORTRAIT DE ROSETTE,

ODE ANACRÉONTIQUE (1).

AIR : *Charmantes fleurs quittez les prés de Flore.*

DIEU des amours accorde ma musette,
Viens me préter les plus tendres accens ;

____

(1) Cette Piece vient d'être mise en musique, avec
accompagnement du Clavecin ou Forte-piano, & des
variations ; elle se vend à Paris, aux adresses ordinaires
de musique.

[37]

Inspire-moi, je vais chanter Rosette,
Je vais l'orner des roses du printemps.

Dans ses beaux yeux établis ton empire,
Fais-y briller un rayon de tes feux ;
Blesse son cœur, qu'il brûle, qu'il soupire,
Rosette alors enflammera les Dieux.

Paré des mains de la simple nature,
Son jeune cœur ignore les desirs,
L'éclat trompeur d'une riche parure
Ne trouble point ses innocens plaisirs.

Souris Amour, souris à ton image,
Rosette est belle, & suffit à mon cœur ;
En traits de feu, peins-lui mon tendre
    hommage,
Peins-lui mon ame, & je touche au
    bonheur.

A ISSÉ, *qui fait joliment des Vers*.

Plaire sans art, & cacher ses attraits,
Faire de jolis vers, & par sa modestie,
Étouffer les cris de l'envie,
C'est ton portrait, reconois-y tes traits.

ÉTRENNES A HORTENSE.

AIR : *Votre Patrone.*

POUR vos étrennes,
Jeune Hortenfe que voulez-vous ?
Orgueilleux de porter vos chaînes,
Je vais me donner tout à vous,
Pour vos étrennes.

Mon tendre hommage,
Eft bien digne de vos attraits ;
D'amour que n'ai-je le langage ?
Que ne puis-je offrir fous fes traits
Mon tendre hommage.

A la tendreffe
Tout doit fon être & fon bonheur
Dans l'âge heureux de la jeuneffe ;
Aimez, & livrez votre cœur
A la tendreffe.

Une Déeffe
A droit à l'encens des mortels ;
Cedez à l'ardeur qui me preffe,
J'adore aux pieds de vos autels
Une Déeffe.

Belle Cyprine,
Pour elle reçois tous mes vœux,
Prête-lui l'écharpe divine,
Qui te fait adorer des Dieux,
Belle Cyprine.

E N V O I.

POUR mes étrennes,
Jeune Hortense faites des frais,
Je ne veux pas perdre mes peines
Daignez sourire à ces couplets,
Pour mes étrennes.

VERS

A Mademoiselle SOPHIE, *de B...*

LOIN des ténébres de l'enfance,
Et du murmure des soupirs,
Dans les jeux de l'adolescence
Vous cherchez d'innocens plaisirs :
Dans l'âge de la pétulance,
Et des enfantines erreurs;

Vous faites briller la décence,
Je dis plus, vous avez des mœurs :
Ce rang menacé de l'orage,
Cet amas de titres pompeux,
Que de respectables ayeux
Vous ont transmis par héritage,
Valent-ils les dons précieux,
Et les richesses du bel âge ?
Non, non, vous ne devez qu'à vous,
Ce caractere aimable & doux,
Et toutes les vertus d'usage,
C'est-là le plus bel appanage,
Et le seul dont je sois jaloux.

ÉNIGME.

Avec un seul pied je suis stable,
Je porte sur le front un signe respectable ;
Mes bras, coureurs aériens,
Volent sous la voute étherée,
Le souffle orageux de Borée,
A son gré tourne mes destins ;
Je ne suis jamais à la ville,
J'aime les monts, & je fuis les forêts,
Et quoique je sois fort utile,
On me revêt toujours d'une étoffe assez
    vile ;

Mais qui fuffit à mes vœux fatisfaits :
Mes efclaves, ou me valets,
Sont pourvus de longues oreilles ;
Si vous en avez de pareilles,
Vous ne devinerez jamais (1).

---

*IMPROMPTU à une Dame qui refufoit
les louanges.*

POURQUOI refufer mon hommage,
Il ne fauroit vous irriter,
L'encens eft pour les Dieux, & je puis
    vous chanter,
Puifque vous êtes leur image ?

---

(1) Le mot de l'énigme fe trouve à la fin de ce
Recueil.

OBSERVATIONS

SUR

LES EFFETS DU TONNERRE,

Et sur les moyens les plus efficaces qu'on peut employer pour s'en garentir.

ON parle tous les jours des effets du Tonnerre ; il n'est point de gazettes & de Journaux qui ne rapportent les accidens les plus bizâres & les plus fâcheux, occasionnés par ce terrible Météore, & personne ne s'occupe des moyens d'en garentir l'humanité ; les Journalistes se contentent de rapporter les faits, sans proposer de préservatifs ; cependant, au moindre soupçon de tonnerre, la terreur glace le cœur du Peuple. Le Physicien, tranquille dans son cabinet, voit, sans changer de couleur, le nuage gronder sur sa tête ; mais les

Phyſiciens ne font que la plus petite portion du Peuple, & c'eſt la plus grande partie, ſi intéreſſante par ſes travaux & ſon inexpérience même, qu'il faut arracher à l'effroi, en lui ouvrant les tréfors de la Phyſique ; un motif auſſi noble me porte à faire paſſer au Public mes réflexions, fondées ſur des notions vraies, inconteſtables, & appuyées par l'expérience.

L'analogie qui ſe trouve entre le Tonnerre & l'électricité, confirmée par la fameuſe expérience de M. FRANKLIN, annoncée dans la gazete de France, du 27 Mai 1752, a porté un grand jour dans la Phyſique. Avant cette découverte on n'avoit pu expliquer les phénomenes du Tonnerre, d'une maniere ſatisfaiſante. Le célebre Abbé NOLLET, ce Savant, qui honora l'humanité, & dont la perte coûte encore des pleurs aux Amateurs des ſciences, oſa le premier ſoupçonner que la matiere électrique fût la même que celle du Tonnerre ; d'autres, dans la ſuite, le prouverent par des expériences : & celle de M. FRANKLIN fut répétée pluſieurs fois avec les plus grands ſuccès.

Il faut, d'abord, favoir qu'il y a des nuages qui font électriques (1), & d'autres qui ne le font pas ; le feu électrique, contenu dans les premiers, fe joignant aux exhalaifons fulphureufes, falines & bitumineufes, élevées du fein de la terre, les enflamme aïfément, fur - tout fi les vents contraires pouffent ces nuages électriques contre d'autres non électriques, ce choc donne une infinité de bluettes, & le nuage éclate avec un fracas horrible. Parmi les corps électriques, les uns le font par frotement, les autres par communication ; ceux qui le font par frotement, ne le font jamais par communication. Les corps électrifables par frotement font les matieres vitrifiées & réfineufes ; ceux qui le font par communication, font le métaux & les corps vivans. Les corps électriques, de quelque façon qu'ils le deviennent, perdent toujours leur électricité, par l'attouchement de ceux qui peuvent le devenir,

Dictionnaire de l'hyfique.
Art. Tonnerre.

---

(1) Je n'entrerai, ici, dans aucun détail fur la nature de l'électricité, cela me jetteroit dans des longueurs qui nuiroient à l'objet que je traite : le lecteur peut confulter à ce fujet les Ouvrages de *M. Nollet.*

mais d'une maniere différente : ces principes pofés, je propofe mes moyens.

1°. On doit, lorfque la foudre gronde, éviter les métaux, & s'éloigner des corps vivans : ces corps étant électrifables par communication, ainfi que nous; en s'en approchant on courroit rifque d'être frappé du Tonnerre, aulieu qu'en fe plaçant fur des corps électrifables par frotement, comme la réfine, la foie, les matieres vitrifiées, on échappe au contact de la foudre : de-là vient la précaution qu'on a d'armer les Palais de conducteurs métaliques, ifolés fur des fupports de réfine ou de verre ; on adapte à ces conducteurs des fils d'archal, qui conduifent dans un lieu écarté la matiere électrique, qui eft l'ame du Tonnerre, arrêtée par le pain de réfine, elle fuit la direction du conducteur & du fil d'archal, & s'éloigne fans toucher à l'édifice : l'expérience vient à l'aide de ce que j'avance. Lorfque le Tonnerre tomba, le 7 de Septembre 1775, fur la maifon d'un Carrier, à Saintes, après avoir renverfé deux enfans, il joignit un fufil, plia la plaque couche, & coula le long du canon, fans l'endommager.

Dans le Journal Politique de Geneve, du 30 Août 1775, n°. 24, art. *Munich*, on rapporte que le 22 Juillet de cette année, « la foudre tomba fur le Presbi- » tere de la Paroiffe Dengelsberg, & » s'introduifit dans la maifon paftorale, » en prenant fa direction entre la che- » minée & la fonnete ». Les fonnetes fe meuvent ordinairement par des fils d'ar- chal, le Tonnerre fuit donc la direc- tion des métaux ?

2°. On doit éviter de fe mettre fous des arbres, parce que par leurs mouve- mens, ils ouvrent un courant d'air, dans lequel le tonnerre fe précipite, l'air étant le véhicule de ce météore ; on doit fe donner de garde de courir lorfqu'il tombe, la prudence exige même qu'on retienne fon haleine, de peur d'être étouffé par la trop grande dilatation de l'air. On doit auffi ouvrir une partie de fes appartemens, afin de laiffer une iffue à la foudre, au cas qu'elle y pénétre ; je fais que je propofe un moyen qui trouvera bien des contradicteurs ; mais je le mets moi-même en pratique, & c'étoit le feul qui eût pu rappeller à la vie un des fils du Carrier, qu'on dit

avoir été frappé de la foudre : pour moi
je fuis fermement convaincu , d'après le
rapport de la mere , qu'il eft mort étouffé;
le Tonnerre étant entré par la chemi‑
née , frappa l'aîné , qui mourut une
heure après , le pere , la mere & le refte
de cette famille infortunée , alloient fubir
le même fort , lorfqu'un enfant du voi‑
finage , effrayé , ouvrit la porte avec
précipitation , & donna entrée à l'air
extérieur , ce qui les rappella tous à la
vie. On ne peut attribuer la mort du ca‑
det qu'à la fuffocation , l'air étant con‑
fidérablement dilaté par le feu du Ton‑
nerre , perdit fon reffort , les véficules
du poumon s'affaifferent fur elles-mêmes.

3°. On doit s'approcher des corps ré‑
fineux , des matieres vitrifiées & des
foiries , parce que ces corps font élec‑
trifables par frotement. Un Académicien
Allemand a propofé , il y a plufieurs
années , une machine fufpendue par qua‑
tre cordons de foie , fur laquelle on n'au‑
roit rien à craindre des effets du Ton‑
nerre ; plufieurs perfonnes s'imaginent
que plus le Tonnerre fait de bruit, plus
il eft à craindre , c'eft ce qui fait que les
grands coups les accablent ; cette erreur

se dissipera aisément, lorsqu'on saura que c'est alors que le Tonnerre est plus gêné dans la nue, & que lorsqu'il tombe il ne fait pas autant de bruit.

D'ailleurs, on doit être tranquille dès qu'on voit l'éclair, on est sûr alors que le Tonnerre n'est pas tombé ; quelque violent que soit le coup, il ne doit pas effrayer, lorsque la foudre sort de la nuée le coup précéde ordinairement l'éclair ; on a vu des malheureux frappés avant que le bruit se fût fait entendre, c'est une expérience dont il n'est pas permis de douter. Tous les Canoniers vous diront qu'ils voient sortir le boulet du canon avant que d'en entendre le bruit.

Il me reste à expliquer les phénomenes proposés par l'Auteur qui a rapporté l'accident arrivé à Saintes. *Un chien qui n'a cessé de heurler* (est-ce que les animaux sont exempts de frayeur) ? *le pied d'un enfant légerement meurtri, un autre qui n'a rien souffert*, pur effet du hasard; *la maison de ce particulier peu élevée.* Cette maison, il est vrai, est peu élevée par elle même, mais elle est assise sur un lieu très-élevé, au niveau de la Citadelle, qui étoit la demeure des anciens Comtes de Saintonge , & qui avoit auparavant fervi de Capitole aux Romains. *Le foulier du pere refté dans fon entier , & le pied fans bleffure.* Il y a apparence que le feu électrique , joint à une exhalaifon légere , n'a agi que contre un corps qui n'avoit pas les pores affez ouverts pour lui donner un paffage ; c'eft par ce méchanifme qu'on explique comment le Tonnerre a fondu une lame d'épée fans en endommager le foureau.

Voilà les moyens que je propofe , ils font fondés fur les loix de la faine phyfique : trop heureux fi je puis diffiper les allarmes d'un peuple timide , je fuis payé de mes foins , j'ai été utile à l'humanité ; la qualité d'homme , & d'homme fenfible , m'honore plus à mes propres yeux , que le titre aride d'homme de Lettres , je ne veux point d'autre récompenfe , je la trouve dans mon cœur.

NOTICE en forme de Dissertation, des Antiquités nouvellement découvertes à Saintes.

CEtte Notice est tirée d'un Ouvrage sur les antiquités de Saintonge, que je vais bientôt mettre au jour, & c'est en quelque sorte pour sonder le goût du public, que je la place dans ce Recueil de Pieces fugitives, faites sans prétention, & destinées pour la société ; J'entre en matiere.

Il est peu de Ville dans les Gaules, (si l'on en excepte Nîmes,) où les monumens de la grandeur Romaine soient plus communs qu'à Saintes ; on trouve encore, tant dans son enceinte qu'aux environs, un Arc en entier, quoique très-carié, & considérablement altéré par l'air ; les vestiges d'un Capitole, un Amphithéatre, un Hypogée, des voutes d'Aqueduc, des Réservoirs, des Puits, des ruines de plusieurs Temples, des Camps, des Tertres, des Piles, des murs Romains, des Fragmens d'Architecture, des Vases & une grande quantité de Médailles de tous les modules, & de tous les métaux.

ARTICLE Ier. On travaille depuis quelque temps à faire une nouvelle place derriere le couvent des Carmelites, on a découvert dans les tranchées & dans les fouilles beaucoup de murs Romains, & des canaux, tant en ciment qu'en briques & en pierres, des débris d'une maison incendiée, & des restes d'ossemens à demi-brûlés, plusieurs fûts de colonnes & chapitaux ; trois fragmens de frise dorique, dont l'un est décoré d'une tête de bœuf, & les autres d'un disque & d'une rosette ; une corniche de marbre blanc, beaucoup de morceaux de marbre enrichis de moulures & de feuillages, & une pierre sépulcrale de cinq pieds de longueur, sur laquelle on lit TESTAMENTO, les lettres qui forment ce mot ont huit pouces de hauteur ; (*Testamento*) annonce un monument fait par ordre du mort ; ces formules d'inscriptions où le mort ordonne par son testament qu'on lui fasse bâtir un tombeau ne sont pas rares dans le Recueil de Gruter & de Muratori. On a trouvé aussi dans les ruines une Fibule,

un Cachet & une Bague, avec beaucoup
de Médailles. La Fibule, *Fibula*, étoit
une espece d'agrafe qui servoit à atta-
cher les habits ; celle-ci est circulaire,
comme un anneau, on y remarque quatre
têtes de serpens opposées deux à deux :
elle est dans mon cabinet ; le Cachet,
Sigillum, dont je suis aussi propriétaire,
est très-petit, on y voit un oiseau avec
les aîles éployées, & quelques traces de
lettres à l'entour ; la Bague, dont le
chaton & l'anneau sont très-grossiers, n'a
point de lettres ni de figures, ce qui feroit soupçonner qu'elle est de la plus
haute antiquité ; elle appartient à M.
Querquy.

Je ne dois pas oublier une Citerne
nouvellement découverte au fauxbourg
de Saint-Macoul, de laquelle on a tiré
un vase de terre cuite, de la forme la
plus élégante, & de la plus parfaite
conservation, & des fragmens de briques, décorés de feuilles de palmier,
avec des figures grotesques, qu'on ne
sauroit placer ni parmi les têtes humai-
nes, ni parmi celles des animaux. Sur
deux de ces fragmens on voit ces lettres :
ERONT IFC, que M^e. Charrier lit ainsi,

icon 10 , & qu'il prétend devoir fignifier *la dixieme image* , (en chiffres Arabes ;) il s'appuie de l'autorité de l'hiftoire Eccléfiaftique , & foutient que cette brique, fur laquelle fon imagination exaltée lui fait voir *icon 10* , étoit une de ces images de terre , placée dans les Eglifes , avec des chiffres indicatifs ; ces images repréfentoient les fideles défunts , & le même chiffre , placé fur un regiftre , indiquoit les prieres qu'on leur devoit ; à l'un une Meffe, à l'autre un *De profundis*, un *libera*. J'accorde volontiers à M. Charrier qu'on plaçât dans les Temples , du temps de la primitive Eglife , des images avec des chiffres ; je ne difcuterai point avec lui fi elles étoient de marbre , de terre , de bois ou de métal ; mais je foutiens à notre Antiquaire , que lorfque ce cérémonial étoit en pratique , les Chiffres Arabes (1) n'étoient pas connus des

____

(1) Les Arabes avouent qu'ils ont reçu les caracteres numériques des Indiens , & ils les appellent *Figures Indiennes*. M. *Huet* eft perfuadé que les Chiffres Arabes ont été formés fur les lettres & qu'ils ne font même autre chofe que les lettres Grecques , formées trop vite , & avec négligence ; mais *Valla* croit , avec plus de raifon , qu'ils ont été inventés par les Peuples Orientaux.

Chrétiens ; puifque on croit que Planude, qui vivoit fur la fin du treizieme fiecle, Diction-naire de Trévoux, Art. chiffre. eft le premier d'entr'eux qui en eût fait ufage. Alphonfe X, Roi de Caftille, s'en étoit fervi avant lui, pour conftruire fes tables aftronomiques ; d'autres placent l'époque de l'introduction des chiffres Arabes en Europe, entre le feptieme & huitieme fiecle. M. Charrier me dira-t-il que fa brique eft de ce temps-là ? (ce qui affoibliroit confidérablement fon antiquité :) je lui ferai voir que les lettres qui y font gravées ne peuvent appartenir à ces fiecles, où on ne trouve plus de caracteres Romains fur les monumens & monnoies, ou du moins fi défigurés, qu'ils ont l'air d'une écriture runique, ou gothique ; d'ailleurs, on ne lit point *icon* 10 fur le fragment de brique que poffede M. Charrier, à peine y voit-on les lettres O & N, le refte n'offrant que des traits informes ; celle que j'ai, qui eft la même pour le feuillage & pour la figure grotefque, ne préfente que ces lettres, *eront ifc*, que je n'oferois expliquer, dans la crainte de donner dans des erreurs. Quant à la brique en elle-même, je crois qu'elle terminoit la fa-

çade d'une très-petite fontaine domesti-
que, plusieurs raisons m'autorisent à le
croire ; la citerne d'où elle a été tirée,
que le même Antiquaire croit être un
tombeau, contre l'opinion de tout le
monde ; quelques traces d'un dur ciment,
qui se trouvent au bas de la brique,
sa partie postérieure, qui, quoiqu'à
demi brisée, paroît avoir été *concavo-
convexe* (1), tout annonce qu'elle est
le fragment d'un vase à conserver de
l'eau ; les lettres qui se trouvent au bas,
sont peut-être une suite du nom du propriétaire ; on sait que les Romains avoient
coutume de mettre leurs noms sur des
vases & autres ustensiles ; on voit un
nom propre sur une clef de fontaine du
cabinet de Sainte Genevieve ; celui de
l'Empereur Vespasien sur un conge,
& celui de deux Consuls sur un tuyau,
dont parle le P. Montfaucon dans l'antiquité expliquée.

Art. II. On a trouvé, dans les environs d'un hypogée situé près l'amphithéatre, trois vases antiques, dont

______

(1) Je hasarde ce terme, parce que je le crois très
propre à rendre par un seul mot la figure de la brique.

je suis propriétaire ; un relief de mabre blanc, & un fragment de vase en bronze, qui représente un cupidon nud , tenant une patere d'une main , & une pique ou fleche de l'autre ; les vases ont été tirés d'un puits très-profond , ce sont deux préféricules en terre cuite , & un *urnula fictilis*. Les deux premiers ont neuf pouces de hauteur , & l'autre n'en a que cinq , ils servoient à contenir le vin pour les sacrifices , leur simplicité annonce qu'ils appartenoient à des gens du commun. On voit au cabinet de l'Abbaye de Sainte Genevieve à Paris , & dans l'Ouvrage du Pere Montfaucon , des préféricules de la forme des miens , ce qui fait croire qu'on en faisoit de toutes les matieres , plus ou moins enrichis d'ornemens. Le relief de marbre blanc est acéphale (1), il peut avoir quinze pouces de hauteur , il représente une femme qui a la main gauche placée sur la poitrine, le bras droit est cassé au-dessus du coude, mais on juge par sa situation qu'il devoit être élevé ; l'habillement de la femme consiste dans une tunique & un man-

Supplément Ant. expliq. tome 2, planche XVI.

---

(1) Sans tête.

teau (1) *palla*, qui lui tombe des épaules
jufqu'à la ceinture, ce relief a toute la
faillie d'une ftatue ; au refte il feroit très-
difficile de dire quelle eft la femme qu'il
repréfente, la tête & le bras font muti-
lés, & peut-être avoient-ils quelque mar-
que diftinctive, qui auroit pu la faire
connoître.

Art. III *Petite Statue de bronze*. Cette
ftatue a été trouvée dernierement dans
un jardin du fauxbourg de Saint-Macoul,
avec une médaille d'or de Valentinien,
& deux de Trajan, en grand bronze :
elle a trente-trois lignes de hauteur, y
compris fa bafe, & repréfente un Utriculaire (2), revêtu d'une tunique fort
courte, ouverte fur le devant, & pliffée

---

(1) *Palla* ou *Pallium*, étoit une efpece d'habillement que les femmes portoient fur la ftole & la tunique ; c'étoit, felon *Nonnius-Marcellus*, l'habillement
diftinctif des Matrones & des femmes de qualité. Le
Palliolum étoit un manteau beaucoup plus petit.

Diction.   (2) Les Utriculaires étoient chez les Latins des
abrégé des joueurs d'inftrumens, faits de peau, à peu près de la
Antiquit. forme d'un outre, & qui paroiffent avoir été la même
chofe que notre cornemufe ; il ne faut pas confondre
ces joueurs d'inftrumens avec d'autres Utriculaires, qui
étoient des efpeces de Mariniers, qui fe fervoient
d'outres au lieu de batteaux, pour paffer les rivieres.

par derriere, le reste de son habillement consiste dans des anaxirydes ou braies (1), & dans un bonnet Phrygien, dont le bout est recourbé en avant ; à son côté gauche pend un *Parazonium*, espece de poignard fort court, par derriere un petit cor de berger, *Buccina*, passé dans sa ceinture, & sur le devant une panne-tiere, *Pannariolum* ; le joueur de musette tient son instrument du côté droit, & paroît être dans cet instant de repos, où il prend haleine ; il est appuyé par der-riere sur une petite colonne renversée, dont le chapiteau se confond dans le piedestal de la statue ; j'aurois beaucoup de penchant à croire que cet Utriculaire représente Atis, ministre de la mere des Dieux. Le Pere Montfaucon donne plu-sieurs desseins d'Atis, avec les braies & le bonnet Phrygien, qui est l'attribut caractéristique de ce demi-Dieu. On sait que le culte de Cibelle étoit repandu par-tout, il amenoit naturellement à sa

Antiquit.
expliq.
tome 2,
partie I.

---

(1) Les Braies, *Braccæ*, étoient un espece de haut-de-chausse ou calçon, dont se servoient les peuples de la Gaule Narbonnaise, les Sarmates, les Scythes & les Médes.

suite celui de son favori ; l'Empereur Julien lui rendoit un hommage religieux, & l'appelloit par excellence le grand Dieu Atis : quoi qu'il en soit, cette statue est peut-être une des plus rares & des plus curieuses que nous aient laissé les Romains. Le Pere Montfaucon, dans l'article des instrumens des Anciens, parle de la musette, l'appelle *Libia utricularis*. Suetone en fait aussi mention, lorsqu'il dit que Néron avoit fait vœu, sur la fin de sa vie, de produire en public un Utriculaire (1). On auroit donc tort de contester l'antiquité de cette statue, quoiqu'elle soit mal dessinée, & qu'elle ne soit pas même finie, elle porte le caractere de l'antiquité ; le mauvais goût qu'on y remarque me la feroit rapporter au siecle de Julien, temps où les beaux arts touchoient de près à leur décadence, & sembloient rentrer dans la barbarie. Ce Prince, qui vouloit faire

Suplem.
à l'Antiq.
expliq.
tome III.
planch. 73

---

(1) *Sub exitu quidem vitæ palam voverat, si sibi incolumis status permansisset, proditurum se parta victoria, ludis etiam hydraulam, coraulam & utricularium.*
Les Grecs employoient, à la place du mot *utricularium*, celui d'*ascaules*, dont Martial s'est aussi servi.
Et concupiscat esse canus ascaules.

refleurir le Paganifme , profcrit & fou-
droyé par Conftantin , cherchoit à répandre dans les Gaules le culte d'Atis ;
fi cette conjecture n'eft pas vraie , elle
ne choque pas du moins les regles de
la vraifemblance.

ART. IV. On a découvert , il y a deux
ans , dans la petite Isle de Courcoury (1) ,
une tête de marbre blanc , dont j'ai fait
l'acquifition ; elle a douze pouces fix
lignes de hauteur , c'eft un morceau du
premier ordre , affez bien confervé , à
l'exception du nez , qui eft un peu mu-
tilé ; on y remarque beaucoup d'expref-
fion , de la correction dans le deffein ,
& des contours gracieux ; les cheveux
font partagés fur le devant de la tête ,
ce qui m'autorife à croire qu'elle repréfente une femme mariée , parce qu'on les
reconnoiffoit à la raie que laiffoient fur
la tête ces cheveux ainfi féparés ; les
femmes avoient deux fortes d'aiguilles ,
l'une pour arranger leurs cheveux , &
l'autre pour broder leurs habits ; celle

---

(1) Cette Isle , qui eft à une lieue de Saintes , eft
formée par le confluent des rivieres de Seugne & de
Charente.

qui ſervoit aux cheveux s'appelloit *Diſ-criminalis*, ſelon St. Jérome. Claudien Epitha-lam. l'appelle ſimplement *ACUS ipſa caput diſtinguit acu.* Tertulien rapporte que les femmes tournoient leurs cheveux à droite, & ſe ſervoient pour cela d'une aiguille qu'elles manioient délicatement pour les agencer. Les cheveux de derriere ſont noués par une double treſſe, & leurs pointes ſortent ſur les côtés pour former des boucles qui reſſemblent à des roſes ; les oreilles ſont preſqu'entiére-ment découvertes, & le viſage eſt un peu tourné ſur la droite. On trouve dans l'Antiquité expliquée beaucoup de ſta-tues de femmes avec leurs cheveux par-tagés ſur la tête, & quelques-unes ſur-tout de Criſpine, femme de Commode, qui paraiſſent avoir de l'analogie avec celle dont je viens de parler ; cette rai-ſon ne me paroît cependant pas ſuffiſante pour aſſurer qu'elle ſoit de Criſpine (1) :

---

(1) Quoiqu'on ne puiſſe décider de quelle date eſt ce morceau de ſculpture, j'oſerois preſque aſſurer qu'il eſt du haut Empire : je me fonde en cela ſur la beauté du deſſein, & le goût de la coëffure, qui eſt tout-à-fait étranger à celui de ces temps, où la décadence des Arts, ſuivit de près celle des armes.

je me contente d'admirer un morceau, qui réunit à la richeſſe de la compoſition le mérite de la haute antiquité, ſans me perdre dans des conjectures qui laiſſeroient du vuide dans l'eſprit de mes lecteurs.

ART. V. *Pierres précieuſes gravées.* La premiere dont je vais parler eſt un *Lapis* de forme élliptique, gravé en creux, & ayant quatorze lignes dans ſa longueur ; il repréſente un Prêtre qui ſacrifie ſur un autel ardent ; le Miniſtre des Dieux revêtu de la toge, dont le pan retrouſſé lui couvre une partie de la tête, tient de la main droite une patere élevée ſur l'autel, & de la gauche une eſpece de rouleau, qui reſſemble aſſez au bâton de commandement des Empereurs ; derriere l'Autel eſt un olivier, ſymbole de la paix : cette gravure eſt d'un deſſein précis & étudié, la draperie eſt jettée avec art, l'air de tête eſt bien ſaiſi, & peint le recueillement religieux d'un Prêtre occupé des myſteres ſacrés ; on y remarque un trit léger dans les contours, (preuve inconteſtable de ſon antiquité ;) cette partie eſt même un peu convexe, ce qui fait qu'on en tire difficilement l'empreinte en cire ; ce beau Lapis se trouve à Rochefort dans le cabinet de Mde. Lejai, qui réunit à la pratique des vertus sociales, le goût des sciences & des arts.

La seconde est un *Camée* (1) d'agathe, dont je suis propriétaire ; on y voit un buste de femme, revêtu d'une partie de *palliolum*, petit manteau, les cheveux sont relevés & entremêlés de fleurs de *nymphea* ou *lotus*, ce qui a fait croire à quelques Antiquaires, & surtout à M. Dennery, que cette tête étoit celle d'une femme Egyptienne ; le graveur ancien s'est servi habilement des différentes couches colorisées de l'agathe ; de la premiere, qui est d'un rouge clair, il a fait le fond ; la seconde, qui est blanchâtre, lui a servi pour les chairs, & la troisieme, qui est d'un jaune approchant de l'aurore, lui a servi pour les cheveux & la draperie.

L'art de faire les Camées fut très-florissant chez les Anciens, de même que celui de graver en creux sur des pierres précieuses ; on soupçonne que

les

____

(1) Les Camées sont des pierres précieuses, gravées en relief.

les Égyptiens en avoient la connoissance : cette conjecture est d'autant plus vrai-semblable, que les caracteres Hyérogli-phiques, que l'on voit encore aujour-d'hui sur les Obélisques de Rome, sont gravés en creux, avec la plus grande propreté, sur le Granit, qui est une sorte de pierre prodigieusement dure ; les plus belles pierres gravées nous viennent des Grecs. On distingue avantageusement cel-les qui ont été travaillées par Théodore de Samos, Pyrgothéles, qui vivoit du temps d'Alexandre, Solon, Polyctete, Cronius, Appolonides & Dioscorides, qui gravoient leurs noms au bas de leurs ouvrages.

La troisieme n'est point une pierre gravée, c'est une Mosaïque du module du moyen bronze, pour le fond & pour le relief de la tête ; sur le fond, qui est d'une espece d'écaille, s'éleve une tête de Néron jeune, formée par l'assemblage de pierres précieuses très-petites, la ban-delette qui ceint la tête du Prince est de grenat, les autres pierres sont des éme-raudes, perles, hyacinthes, &c. Ce qui rend cette Mosaïque rare, c'est son re-lief, joint à son antiquité ; presque tou-

Mercure de France, Octobre 1777.

[66]

tes celles qui font connues font pla-
nes , excepté la fameufe Mofaïque du
cabinet de Sainte Genevieve , qui a toute
la faillie d'un bas relief ordinaire , & fur
laquelle on voit Antinoüs , Mignon
d'Adrien ; le jeune homme eft repréfenté
en Victimaire , à demi nud , il tient une
Patere à la main , à côté de lui eft un
bélier deftiné pour le facrifice.

Quelques perfonnes ont voulu jetter
des doutes fur l'antiquité de la Mofaïque
repréfentant Néron , qui fe trouve dans
le cabinet de Madame Lejay : mais cette
piece a le caractere invariable de l'antiquité , qui n'eft fouvent faifi que par les
vrais connoiffeurs.

ART. VI. *Médaillon* (1). La découverte que j'annonce n'eft point à propre-
ment parler une découverte antique : je
ne la place ici que pour prémunir les
jeunes Antiquaires contre l'impofture
des Graveurs. Il s'agit d'une difcuffion
élevée parmi les Curieux de Saintes , au
fujet d'un grand Médaillon attribué à
Augufte , & trouvé du côté de Cognac ;
cette piece partage les fentimens , &

____

(1) *Nimium ne crede colori.* Virg. Eglog.

donne l'eſſor aux plus hardies conjectures ; les uns, comme celui à qui elle
appartient, prétendent qu'elle eſt vrai-
ment antique, ils apportent pluſieurs
raiſons pour le prouver ; une eſpece de
vernis que le Médaillon conſerve, ſon
poids, qui annonce qu'il a été frappé
& non fondu ; enfin, la beauté de la
gravure leur paroiſſent des preuves aux-
quelles on ne peut réſiſter ; les autres, du
nombre deſquels je ſuis, ſoutiennent que
le Médaillon eſt factice, & que ce n'eſt
tout au plus qu'une copie de l'antique,
aſſez bonne quant à la gravure, mais
très-défectueuſe, eu égard à la légende.
On y voit d'un côté, un buſte d'Empereur avec le paludament ou chlamyde
militaire, & la couronne civique ſur la
tête ; on lit autour : *Cæſar Imperator Pont.
PP P. E, ſemper Auguſtus vir.* Le revers
repréſente la Concorde, figurée par un
homme & une femme, dont l'un tient le
caducée, & l'autre une corne d'abondan-
ce, légende : *Concordia Aug.* & dans
l'exergue *s. c.* Les raiſons qu'apportent
nos Adverſaires pour prouver l'antiquité
de la piece me paroiſſent bien foibles, le
vernis dont ils croient pouvoir tirer un

fi grand avantage , eft la couleur natu-
relle qu'acquiert le cuivre au bout de
quarante ou cinquante ans : au refte , le
poids d'une Médaille contrefaite & fon-
due pourroit égaler celui d'un original
frappé , foit en employant pour la copie
une matiere plus pefante , foit en ne lui
donnant pas l'épaiffeur de l'original. Il
faut fe défier de l'impofture des Graveurs;
& la fourberie du Padouan & du Par-
méfan (1) doit donner bien de la retenue aux amateurs de l'antiquité.

Plufieurs autres raifons infirment le
fentiment de nos Adverfaires. 1°. Le
module infolite du Médaillon , qui
excede du double , tant pour la faillie
de la tête que pour la grandeur, tous les
Médaillons antiques , Grecs ou Romains.
2°. Le défaut de reffemblance de tête,
non feulement avec celles de Jules-Céfar
& d'Augufte , mais encore avec celles des
douze premiers Empereurs. 3°. La coupe
des lettres , qui eft moderne. 4°. Le S. c.
qui ne fe trouve jamais fur les Médaillons

____

(1) Ce font deux fameux Graveurs d'Italie , l'un
de Parme & l'autre de Padoue , qui ont répandu de
fauffes Médailles dans toute l'Europe ; les coins dont
ils fe font fervis pour les frapper fe voient au cabinet
de l'Abbaye de Sainte Genevieve.

avant Trajan-Déce. 5°. Le revers du Médaillon, qui eſt très - commun & mul-
tiplié à l'infini ſur les Médailles Impé-
riales ; d'ailleurs, on ne remarque point
dans la légende l'élegance latine & l'é-
nergique précifion du ſtyle numiſmati-
que, ces mots *ſemper Auguſtus vir*, ne
ſe trouvent jamais employés ſur les lé-
gendes des Médailles, dont la formule
eſt toujours uniforme, à l'exception
des titres de *Cenſor perpetuus*, dans Do-
mitien ; de *Britannicus, Germanicus,
Adiabenicus, Dacicus, Parthicus, Armenia-
cus, Maximus*, &c. dans d'autres. Les PPP
unis, qu'on trouve après le mot *Pontifex*,
ne ſont point non plus uſités : on ne
peut les rendre que par *Pontifiex perpetuus Pater patriæ*, ce qui n'eſt pas ſi ordinaire que *Pontifex maximus, & cenſor
perpetuus*. Quant à la couronne civique
dont la tête eſt décorée, elle s'accordoit
à ceux qui avoient ſauvé la vie à un
Citoyen, & la légende du revers de-
vroit y avoir rapport, comme ſur pluſieurs Médailles, au revers deſquelles
on voit : *Ob cives ſervatos*, ou *Civib. ſer-
vatis*, au milieu d'une couronne de
chêne. La Concorde, qui ſe trouve ſur

le revers du Médaillon, me fait encore douter de fon antiquité : cette Divinité fe voit fouvent fur les Médailles, & jamais fur les Médaillons, qui étoient frappés pour des événemens mémorables & extraordinaires : or, qu'a donc de mémorable la Concorde feule avec des attributs généraux ? Me dira-t-on que c'eft en mémoire de la reconciliation d'Augufte avec Lépide & Marc‑Antoine ? alors cetteConcorde auroit eu un caractere particulier ; car, *Concordia Aug.* peut également fignifier *Concordia Augufti*, & *Concordia Augufta*. Ces raifons réunies ont prefque la force d'une démonftration, fur-tout lorfqu'elles s'accordent avec les fentimens de plufieurs Savans, qui fe font élevés contre le Médaillon, après en avoir vu une empreinte fidelle ; tels que M. Leverd (1), Garde des Médailles du cabinet de Sainte Genevieve & M. Denery ; le favant Abbé Barthelemy,

---

(1) M. Leverd avoit d'abrd eu quelques doutes fur ce Médaillon, parce qu'on lui avoit fauffement fait entendre qu'il avoit été trouvé dans les fondemens d'un édifice des Romains : mais lorfqu'il a été inftruit de la vérité de la découverte, il a penfé comme les autres.

l'aigle des Antiquaires de l'Europe , a bien voulu auffi me communiquer fon avis dans une lettre qu'il m'a fait l'honneur de m'écrire à ce fujet ; on fait que les décifions de cet illuftre Académicien font des loix en matiere d'antiquité , cependant le Propriétaire de la piece , jugé en dernier reffort , & condamné par le plus refpectable Tribunal de la République des Lettres , en a appellé comme d'abus , & foutient toujours que fon Médaillon eft antique : c'eft le comble de l'opiniâtreté ou de l'aveuglement.

Nota. Le mot de l'Enigme eft le Moulin-à-vent.

www.ingramcontent.com/pod-product-compliance
Ingram Content Group UK Ltd.
Pitfield, Milton Keynes, MK11 3LW, UK
UKHW020031100726
13658UKWH00003B/1243